歌集　須臾《しゆゆ》の残響　目次

装幀　井原靖章
装画　松山コウイチ

須臾《しゆゆ》の残響

森村稔歌集

律儀なる椅子

夜明け前うす暗き天一面に
雲くろぐろと棚引くひと時

恥ずかしさと怒りの感情抑えんと
暮夜椅子に沈み古いジャズ聴く

数十年、腰落とすたびギシギシと
リアクト欠かさぬ律儀なる椅子

――十一月二十六日夕

今年また居間のドラセナ咲きにけり
可哀想だが花を斬り捨つ

別れ際ドヤ顔見せて大股で去り行く男の
背中がさびし

指示されることを好まぬ半生を生きてきたこと
ありありと見ゆ

さびしさに耐え抗《あらが》いし歳月が
男の顔の骨格つくる

かの人になかなか会えぬさびしさを
かりんとう食べて紛らす暫時《しばし》

友としてこころ休まる関西人
あずま人らは少し苦手だ

「沖」という語の好ましき
英語辞書探せど「沖」の語は見当たらぬ
バンザイはあまり好きにはなれないよ
降伏お手上げ似たる形で
今時の女性はこんなこと言うか
「あなた好みの女になりたい」
——なかにし礼作詞　奥村チヨ唄「恋の奴隷」

エドワード・ホッパー描く街　時停まり
人は在れども表情のなく

エドワード・ホッパー描く街　いつ見ても
人居て寂寥　居なくて空漠

きみと座し霊峰富士を遠く見る
心の接点合点の時

ジャンボ機内ロバート・パーカーに時忘れ
太平洋を半分跨ぐ

この際だ　小さい声で告白す
われサユリスト　年長組の

番組に見たいものとて何もなし
今夜もわれの余生のひととき

「うん」「うん」とうなずき返すレポーター
キャッキャッと応じる女子アナウンサー

女子アナは出番待ちちかね
声張って見ぶり大仰キャッキャッと笑う

テレビにはしばしばつぶやくナンデヤロ
女の人たちやたらに笑う

ものを食うテレビ画面の多くして
興醒めさせるタレントかなし

味気なきトンカツ弁当昼に食い
夕暮れてなお未消化らしも

犬抱いて若い女性が「癒される」
見ているわれもまたそれなりに

十人の早口娘を統御する
明石家さんま六十五歳

「フィギュアってあのピョンピョンと跳ぶやつか」
話の流れに水を差す人

大いなる悔いはあれども「悔いはない」
スポーツ選手の心中いかに

誰それに師事すと年譜さり気なく一行記す
古き世羨《とも》し

衝動で買いしゲーテの『自然学』
図体大冊三百ページ

起き抜けに寒気とクシャミの五連発
葛根湯とルルで備える

名の知れぬピンクの造花大鉢は
居間に十年出自分からず

リハビリは八十五歳の〃五十肩〃
痛い所をゴリゴリ攻めくる

飲むならばきめこまやかな御仁より
朴念仁を相手にしたい

飲むならば酒品の仁に侍りたし
弱い同士でつるみたくなし

俳句なら朝飯前に四句八句
短歌はめんどう字数が多い

結末についい目がゆきしミステリー
買うか買わぬか店を出入りす

ミステリの結末うっかり目にしたり
忘れてしまえと書棚の隅へ

歌集出し気づきしことに
一、二句と短歌をかぞえる人もいること

翻訳の詩など読むとき
わが友と美意識違うを気づくことあり

あざやかに女性の気持ち解き明かす
辻村深月の小説群は
ごく稀にわれ見舞われる〈共時性〉
宇宙の意思を垣間みる時

――シンクロニシティ

冬近き庭

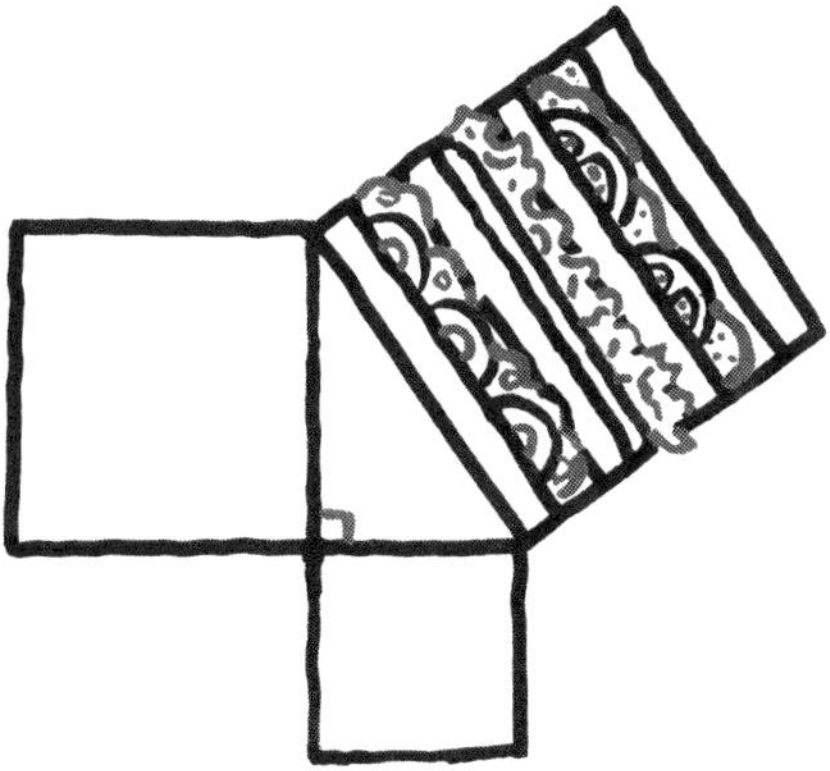

明けの五時ベランダに出て
東西にある星二つ確認したり

晴れてさえいればかならずそこにある
馴染みの星の頼もしきかな

六十年読む寺田寅彦没したる
昭和十年われの生年

芝刈り機下手に触って指を切り
地面にポタポタ血を落とすわれ

雷はゴロゴロ鳴るが決まりでも
今日はひそかにピイピイと鳴る

糖質を避けて体重落とすべく
到来羊羹半日我慢す

今の子の多くは幸せ　われらみな
小中時代は机なかった

ピタゴラスの定理習えど
わが生に役立ちしことといまだになくて

2の不思議　小学時代に発見す
足しても掛けても値は同じ

数学が異常に出来る奴がいた
クラスに三人一人は女生徒

先生もときには唸って立ち往生
微分積分ありゃ何だった

午前中何の予定もない日なり
俵万智読む陽の射す窓辺

パリに在りひたすら書いた二十代
ヘミングウェイの一途突進

二十代パリの詩人らと交わりて
人を見る目を養いにけむ
――ヘミングウェイ『移動祝祭日』

若き日のヘミングウェイの希求せり
真実とらえる「ワン・センテンス」

招待は気乗りせずともまず受けよ
――ピカソ、ヘミングウェイに語る

〃事情ができて〃と後で断われ

父親も拳銃自殺
医師にしてあわれ子はかのヘミングウェイ

もの書きを目指す学生会いに来て
励ましやりしは十年も前

もの書きになりたいという学生に
岩波書店と言えど通じず

串ダンゴ片面かじり半回し
落とさぬように残りを食べる

ああ食った、ああ満腹だ、
店を出て青空の下団子二串

――飲食店の掲示「本日臨時休業させていただきます」

四文字の「臨時休業」だけでいい
「させていただく」言い方身勝手

長くつづくめまいの原因推測す
二種のクスリの副作用らし

副作用避けてクスリを休もうか
それとも量を減らしてみようか

「ムチャクチャ」を肯定的につかう子ら
ムチャクチャ元気ムチャクチャ優し

子どもらはワアワアキャアキャア果てしなく
少ない語彙を巧まず連発

「でも」「だって」この二語駆使して逆らって
大人相手にがんばる子たち

――山崎育三郎

ハンサムなミュージカル歌手
「あさイチ」のキャスター三人メロメロにする

スズメバチ名は可愛いが鉄面皮
人を刺すなりスッと飛び立つ

もう少しほかの言い方ないものか
殺処分とは殺処分とは

片隅にありてドラマを不穏にす
寡黙な少女　痩身の武士

笑いつつ卓に突っ伏す大学生
不思議な仕草何度も何度も
――ラーメン屋にて

丸は丸四角は四角
整った手紙の文字が君を表す

古《いにしえ》のケルトの〝お祭〟ハロウィン
日本の若者騒ぎ楽しむ

十年来馴染みの庭師が木に登る
熟練増したる物腰見せて

秋深く剪定したる桜樹に
枯死寸前の一枝現わる

夾竹桃、梅、まんさくを切り払い
冬近き庭空広くなる

剪定を終えし庭師ら枝や葉を
車に積み込むみごと手早く

枯枝に似たるムクゲも時季くれば
芽吹き花咲く大地の法則

会員の任命拒否が報じられ
学術会議というものを知る

不満げに〃自腹で取材〃と言うものか
駆け出し作家にカネは出せない

――稼ぎには強盗もした

訃報見て閲歴を知る
若き日の底辺暮らしショーン・コネリー

のっぺらぼうの歳月

わが意志を押し通せざる壮年期
そをよしとする齢《よわい》となりぬ

おのがことそれのみ喋る友人も
一年会わねば懐かしくなる

文化の日一日過ぎてそれと知る
昨日はたしか終日在宅

「鶴瓶の家族に乾杯」
ズカズカと他人の家に入るを宗とす

「注目」に替わって「注視」が国会で
しきりに使われ世間に流布す

コロナ禍に悪事無縁の蟄居にて
のっぺらぼうの歳月過ぎ行く

食通は卓共にする人選ぶ
天下の美食家サヴァランの言

笑うとき手のひら口へ持ってゆく
日本女性によくある仕草

——外国人が奇妙に思う

総菜を箸につまんで食べるのに
片手を添えて受けるもおかし

髪の毛が額にかかるを首振って
何度も何度も払いのけたり

話しつつ首せわしなく縦に振る
〝首振り人形〟の異名を持つも

いつまでも新型新型と呼ぶものか
かつてのコロナをみんな知らぬに

かぞえれば個人医院と病院と
合わせて五つ定期通院

パソコンの通電なければ面暗く
四角四面に控えいるのみ

ヘモグロビンエーワンシー（HbA1c）と血圧と
身体《からだ》にまつわる数字いろいろ

イケメンはイケてる日本語
英語ではグッドルッキング　なんだつまらん

食べ終えてあとは寝るだけ
テレビ消しラジオをつけてしばしまどろむ

一《ひ》十《と》三《み》十《と》一《い》シンメトリーな字の並び
札幌生まれのミュージシャンです

寒気の中トランプ、バイデン腕振って
狩猟するごと雄叫び上げる

お洒落だと言われたりするを好まない
それ言う人もなんだかいやだ

うっかりと某氏の悪口某に言う
某氏は某の親友なるに

鬱《ふさ》ぐ日は一杯ひっかけ立ち上がり
マーチ流して屋内行進

腕を振り脚高く上げ廊下ゆく
ひとり行進指揮者要らずの

ラデッキー行進曲の優雅さよ
陸自音楽隊は見えねど

マーチにもいろいろあるを体感す
せわしないのありゆったりのあり

ウィーンフィル耳目に残る行進曲
お茶目な指揮のマリス・ヤンソンス

MJQ「朝日のごとくさわやかに」
青春の曲いまは悲しく

飲み食いを国が奨励する仕掛け
ＧｏＴｏイート われには無縁

ＧｏＴｏは言葉も施策も「ケッタイなとこおましたで」
やはりこの様

ＧｏＴｏは本来矛盾をはらむもの
行くか行かぬか葛藤を生む

控えても控えても腹引っ込まぬ
食と体型因果あるのか

本買うかラーメン食うか
四十円ポケットのカネかぞえたあの頃

老残の日々二、三回とる電話
覚えなき相手勧誘始める

すすきのはコロナで休業三百店
どうしているかおねえさんたち

衝撃の三島事件から五十年
歴史の一幕降りることなく

何物か鼻深奥にへばりつく
洗滌すれども位置を譲らず

緑内障宣告受けて五年経る
「薬物療法これ限度です」

起き出でて首、肩、腰をまず回す
五臓六腑はあるがままにて

身体《からだ》中あちこち不具合絶えずあり
そろそろリタイアせよとの告知《しらせ》か

キョロキョロ

生涯のしあわせのひとつ
尊敬のこころ注げる人の在ること

幼少期読むこと禁じられし本
老年期いま自ら控える

「理屈言うようになる」とて禁じられ
本は隠れて読むものなりき

積ん読も読書のうちと教わりて
名著積ん読習いとなりぬ

議論から激しき口論始まりて
われ冬枯れの園に目をやる

真っ当な議論をいつか口論に変容させる
些細な口の端

この数年膨らむばかりの胴回り
フラフープなど試してみるか

懐かしいものの一つにフラフープ
六十年前カノジョと遊びき

――八十五歳のトライ
こんなにもむずかしかったかフラフープ
手放す途端にパタンと落ちる

キョロキョロのキョロキョロとは何ぞ
むなしくも答え求めて〃虚路〃をうろつく

担当の歯科衛生士産休へ
つき合い長きにああ気づかざり

「人間の絆《ヒューマン・ボンデージ》」再び読み終えて
作品名が不適に思える
——主人公フィリップにとって、bondageは
「絆」というより「束縛」であったのでは？

幾千のジャズの名盤残す店
主《あるじ》は寡黙先代に似て

居酒屋の映画ポスター色褪せて
血痕のごとき「無頼」の筆文字

背高きおみなご四、五人われ囲む
エレベーター内居心地わろし

傘寿とて妻買い呉れし腕時計
「落としてしもた」とまだ言えずいる

一昨年妻買いくれし腕時計
どこかで落としたどこだか判らぬ

アメリカと大いに違い
われ住むは与党のボスが首相となる国

国名にユナイテッドとある国の
リーダー選ぶ熱狂ぞよき

トランプがかくも勝利に執するは
国のためより己《おのれ》のためか

「捨てないで」古い木刀妻つかむ
スクワットする用具になるらし

十年も会わざる学友《とも》の喪の通知
細君の名を初めて知りぬ

また一人さよならと言い眼《まなこ》閉ず
この先われに渺たる景色

流星の極微の破片日に一トン
地球に降るとうまことの数字

目立ってはいけない役だが演技者は
性《さが》悲しくも小芝居続ける

配役はむずかしからん
俳優の人気とは別演技の巧拙

言動に自己愛露《あらわ》な人と遭う
鬱陶しくも微笑ましくも

「結婚をしている男は腑抜けだぜ」
ヘミングウェイの作中科白

あるときは妻に言われて
階段を昇って降りて脚を鍛える

あるときは妻に言われて
缶ビール250を一個だけとす
――250ミリリットル＝コップ一杯

フマキラー持ち出せばすぐ
蚊のやつら気配察して寄りついてこぬ

ベストセラー気にしなくなり
世を離れ四日も五日も同じ本読む

一片の雲なき大空
真っ白なキャンヴァスに比し青いが取り柄

訊かれれば平気で言えるこのごろぞ
東大美学を一応出ました

専攻を言うは恥ずかし
文学部何の役にも立たぬ文学

電話きて受話器をとればすぐに切る
相手のミスかそれともイタズラ

十数年手にすることなきバインダー
数多《あまた》並びぬ机辺の棚に

八十代男五人の会合に
千円定食皆食べ残す

芸人は己《おのれ》自身を特殊化し
世間の人を〈一般人〉と呼ぶ

――阪哲朗氏指揮山形交響楽団の演奏を視聴して（2020・11・15）

〈田園〉にベートーヴェンの描きしもの
索《もと》めて楽団力を尽くす

川崎の弁当屋その名「弁当弁」
食べた客みな「うんめー」と言う

渡らねばすぐにも信号赤になる
昨今時折そんな気になる

三十分眠ると妻言う
ピッタリと時間に作動す体内時計

わが妻は松原智恵子と同じ名で
生年も同じ見た目違えど

一日一首

朝一番東京新聞まず開く
六十余年の愛読紙ゆえ

亡き友の家寄る辺なく通り過ぐ
一本ゆりの木冬空に立つ

先行きの不透明さを人嘆く
先の見えたることよろこぶか

体制と反体制の罵り合い
同じ大気を吸って吐いては

腹出てもここ栄養の貯蔵庫と自己弁護して
腹くくるなり

夕方に缶ビール開け一日をプシュッと区切る
何はさておき

世界にはいろんな文字あり踊りあり
文字は手指の踊りでもあり

世界一おもしろく見ゆタイの文字
ダンスのステップ記したような

文字《もんじ》とは畢竟するに線のもの
線の形態、つながり、分断

文字を書く――似たる生業《しごと》の作家書家
前者は文書き後者は字を書く

歌作り一日一首と決めたれど
一首が作れぬすぐ日が暮れる

ぴったりと嵌まる長さの語はないか
辞書めくるごと脳をゆさぶる

茂吉さえときには作った巫山戯歌《フザケうた》
衝迫なんぞ何もない歌

われ作る散文切片歌もどき
音《おと》数《かず》合わせに難渋するも

歌集など編む企てを立てたれど
前途は遠し足弱われに

わが歌は韻律乏しく味気なく
歌というより散文端くれ

いい歌に刺激を受けて真似をする
わが歌作法これ一つなり

何か歌材《ネタ》ありさえすれば短歌なぞ
すぐさま詠めると虚勢を張れど

調べなく律動も欠くわが短歌
あえていうならエッセイ歌版

そっけない、またぶっきらぼうな文章が
読むにも書くにもわが好みなり

文章がぶっきらぼうと言われしが
自ら気づきぬ短歌も然りと

戦争は映画の中で見知るのみ
上の世代の命かけしを

戦災に家財一切焼失し
一家運命暗転したり

定職なき父と五人の暮らしにて
学用品に不自由のことも

わが家には本や雑誌の類いなく
夜はラジオが心を占めた

〈いま、ここ〉と違う世界のあることを
少年知りぬラジオ通して

一九七〇年十一月二十二日
評論家大宅壮一世を去りぬ
三島由紀夫の事件三日前

「発車時の駆け込み乗車は危険です
次来るバスをご利用下さい」
——バス停留所掲示、偶成なのか、五七五七七

伸びやかなひとり暮らしを
石田千『窓辺のこと』はこまめに綴る

懐かしい日本の暮らしの明け暮れを
石田千記す『窓辺のこと』に

詠むならば己《おのれ》を詠めと
小高賢『眼中のひと』われにささやく

五年かけ『源氏物語』読み終えぬ
七人個々の大きな溜め息

タレントは「ナンカ」「ホントニ」「ナンダロ」と
生のトークに口ぐせ頻発

机辺の書寺田寅彦『柿の種』
忘れた頃にまた拾い読む

若き日の還らぬ一夏
『ファウスト』の文字のみ追って〈読了〉とせり

そもそもは鮭とサーモン異種の魚
教授は説けどどちらもうまい

ガラス戸を冬の日光透過せり
熱帯生まれのゴムの樹の受く

——愛読するエッセイストの
さり気なく書かれた一句に目が止まる
「友だちのいない高校時代は」

メールなど長々書くのはヤメテンカ
言いたいことは三行で書け

メールなら短い文で用を足せ
長々打つ者部下には要らぬ

——課長のホンネ

「広報は分かりやすく書け」とわれ言えば
「平易にですか」と問い返される

——部下指導

仕事とはチームワークでやるものだ
勝手するべく会社に来るな

ポカポカ、ポツリ

信服は二十数年の眼科女医
お齢《とし》を召された様子これなく

「手術にはリスクもあります」「失明も」
「そうですか」とのみ返すほかなし

先生の薬の按配頼りとし
緑内障と五年付き合う

この薬止めれば死ぬと医師言えど
副作用激しく患者は呻く

明らかに多剤服用副作用
めまい止まらず足下ふらつく

自己主張ほとんどしない子であった
続きを生きておとなになった

自己主張しない半生
進学も就職転職流れに添って

ミスばれて「イヤお恥ずかし」と認めつつ
ハハハハハハと余裕を見せる

「もう一台買うのですか」と経理部は大いに渋れど
「社長は通した」

「社長どこ？」「昨日スイスに発ってるよ」
「しょうがないねひょこひょこ出かけて」

大勝負かけて喧嘩をするならば
相手連れ込め自分の土俵に

可能性あるなしめぐって紛糾す
議論無視して「まあ、やってみろ」

級長の家庭貧しく
中卒で丁稚となりぬ遠くの町で

いくたびも「励ます会」に赴けど
励まされたることはなかりき

「だけどねえ」声と口振り老婆にて
かえり見やれば若きおみなご

何がため地上にありや
カメムシはただ臭きのみ疎ましきのみ

逃げ隠れせず音立てず捕食せず
陽の落ちるまでじっとしている

人間の気配に気づかぬ
カメムシは微動だにせず駆除剤浴びる

一匹のチャバネゴキブリ生きたらば
メス生涯に五百匹生む

おねえさん「で」はやめてんか、あと何かブツブツ言って…
「が」言うたれや「が」や
――「ブレンドのSでいいですか」

飛沫避け対角線の位置をとる
CG見せる対面マナー

いつかこんな日が　三首

地球では終日禁煙
タバコ吸うなら移住せよ火星か水星

レストランみな無料なり
然《しか》あれど食べ過ぎの客つまみ出される

大学の入学試験はなくなりて
どの大学も誰にも入れる

顔寄せて話するにも
――きみ、おまえ、あなた、おたく……
適切な二人称なくいちいち名を言う

話にも綴る文にも
「私」が多く出る人一つの性格《タイプ》

ポカポカと秋の陽ぬくし
こんな日はポカミスやらかしポカンとするも

昼夜なく学生時代は映画漬け
年に百回ひとりの暗がり

撮られたる特殊部隊は機敏にて
いいカットのみつないで見せるか

西部劇衰退せしはなにゆえか
古いファンとしてさびしいような

映画観ない所詮映画は作り物
そう言う人とはつきあいたくない

バカみたい三本立てをハシゴして立ち見を二本
よくぞ耐えたり

バイト代そのほとんどは映画小屋
暗い所に費消しました

ポトリ、ポキ、ポカポカ、ポツリ、ポカン、ポコ、
ポの音かわいい擬音いろいろ

もの知るにウィキペディアとは便利なり
こればっかりに頼っていいのか

ニコリともせず長々とコメントす
この人ほんとは分かってないかも

棚占める三十四巻大事典
牽かずなりたるこの三、四年

あこがれの百科事典を購入し
スチール本棚奮発せし頃

学友の書きたる項目
今の目で読めば何やら文古めかし

ひた走る女子駅伝の選手たち
己を恃み仲間を恃み

若書きの文にしばしば現れる
主題の迷走過大な表現

むずかしい漢語連ねて読みにくい文の中身の
案外浅薄

隣家の猫

取り返しつかぬことども多々ありて
算えてみれば両手に余る

気の置けぬ聞き手を得たる老いびとは
愚痴こぼしつつ飯粒こぼす

貼り紙の「マスクつけよ」を見忘れる
「貼り紙見よ」の貼り紙が要る

マッサージチェアに微睡《まどろ》む三十分
本日の慰安これにておしまい

土石流おっぱい鉄《かな》梃《てこ》タガログ語
あらゆる事物に専門家いて

バット振る膂力残りて口達者
「きみらフォームがまだできとらん」

――川上哲治氏に聞きし巨人軍新人教育

トイレでのスリッパ揃えも球技なり
次来る選手履きやすくする

〝夕暮れの千本ノック〟に疲れたる
筋肉自ずとムダなく動く

自己のより人の失策防ぐべく
気配りをするチームメイトは

脇役が舞台で己を見せんとて
主役の脇からつと前に出る

生涯に傷ひとつなし
強運の拳銃巧者ワイアット・アープ

有線の音楽聴くとき
百もあるチャンネルひとつ選ばねばならぬ

ケルティック聴き始めたらなにゆえか
そのチャンネルが不動になりゆく

日本では教職にない政治家や医師弁護士も
先生と呼ぶ

うろ覚え『ローマ帝国衰亡史』
六十二回集いて読みしが

過去最多更新される感染者数
コロナ禍記事のカ行の漢字

コロナ禍に飲み会減りて
男らも会話に代えて〈字話《メール》〉を増やす

ウイルスの浮遊恐れて会うを避け
電話・メールが日常化する

コロナ禍に巣ごもり同士言うことは
「食っちゃ寝の日々」「太って困る」

予約ある歯医者に行こうか行くまいか
不要不急であるよななないよな

コロナ禍にステイホームが続けども
本読む時間の少なくなりぬ

学校に感染者出て
母子は家父は店舗に寝泊まりの日々

この年の暮れの便りに旧友は
コロナ騒ぎに触れることなし

晩秋の雨降りつづき庭暗く
隣家の猫が十日も来ない

——妻の留守に

同じ飯二晩食らって錯覚す
今日は昨日と同じ日なりと

妻の留守昼飯を抜き
安直な歌を作って半日つぶす

ひき逃げの目撃者求む立て看板
われひとり読む夜の交差点

蟬、蜻蛉翅をむしるは酷なれど
痛覚なきゆえ痛みないらし

捌かれた魚体しばらく跳ね躍る
命なき身の脊髄反射

わが著書を読んでくれたる若者は
「いいひまつぶしになった」など言う

芸人が俳句・絵画の技を競う
ときに奇才が人驚かす

——TBSテレビ「プレバト!!」

ええ加減夏井いつきにぐうの音も出なくさせたれ
梅沢大人

——「プレバト!!」俳句査定

ビール飲むその前にまずひとっ風呂
平穏なる日の夜の始まり

血圧を下げる要あり「塩気だめ」
味よきあれこれ食うのためらう

語らいつ食事するには五、六人
人数ふえれば無言か喧噪
――M・F・K・フィッシャー「食の美学」

食事会　飲む口食う口喋る口
人それぞれの口の動きよ

――十歳でデビュー、いきなり二十万枚

いま聴けば小林幸子デビュー曲「ウソツキ鷗」
どこかコミカル

――われと違い過ぎて

小学生調査結果に仰天す
「憧れの人」二位母五位父

何事も手早くすますがミス多し
われ詰る妻また飽きもせず

往年の父こわいだけ母哀れ
われおとなしく懐かぬ子ども

芸術院会員となる友ありて
ああ、また一人雲上にゆく

二重窓閉め外界の音遠ざける
わが心音に聴きいらんとして

ケイパビリティ

リアルでは撃っても撃っても当たらない
それがお前のケイパビリティ

——とは言っても

人はみなリアルだけでは生きられぬ
ドリームも見るイメージもする

若き日に何科《とが》ありや
運命が人を連れ去り他を残し置く

凄みある大阪弁に倣うなら
黒川博行作品を読め

大阪は難波生まれのわれなれば
大阪弁は心の下地

広まりし大阪弁の「ど真ん中」
女子アナまでが平気で使う

子どもには欠ける能力一つあり
大人を尊敬できる能力

夕暮れに気を鎮めんと寄りしバー
銀座に本社ありしあの頃

ある時は友訪ね来て夜を更かし
酒場の支払い身の程を超ゆ

はやぶさ2その飛行距離
高校で地学やったればだいたい分かる

言えること「無事でよかった」ほか知らず
はやぶさ2の帰還の感想

開発費二百八十九億円
はやぶさ2は天文学的

京の宿長く居るらしおみなごのきれいな仕草にしばし見とれる

仕草こそ日本女性の美の極み
顔なぞメークでごまかし利くし
――担任の成瀬正勝教授は国文学専攻。当時、犬山城の持ち主
「太陽の季節」われ大学一年生
担任教授話題にしたり

文学に専念すれば慎太郎
川端大江を凌ぐ作家に

石原氏スケール違う時代の子
右の歌なぞ「フン」と見捨てん

人分つ霧こそ人をつなぐもの
須賀敦子書く意味迫りくる

人は皆孤独の霧の中にある
須賀敦子の文に深まる思い

路掃けばカシワら落葉ヒラヒラと
われに寄りくる嬉しそうにも

食べる量減らして身体《からだ》動かせば
自然に痩せるそれが生物

ひた喋る相手聞こうが聞くまいが
唯我独尊極楽とんぼ

ビッグバン宇宙の始まりその〈前〉は
時間空間無かりし不思議

若き日の三十余日過ごしたる
NYもはや夢にも出でこず

暁暗に黒人佇むハーレムを
ひとり歩みしこと幾度か

「ＳＴだと、何をほざくか地球人」
千光年先で〈彼ら〉が嗤う
——ＳＴ(Space Tourism 宇宙旅行)

そう言えばしばらく食べない干し芋は
子どもの頃の主食の一つ

——戦前、庶民の家

子どもが手伝う母の内職を
学校だけは休むことなく

子どもらが分業担い競い合い
手仕事の高大いに上がる

減塩の二文字しゃしゃり出
この店の一番好きな羹《あつもの》残す

――メールというメディア

メル友は大きく二派に分たれる
事告げる人感述べる人

ある人の関心は向く世の事象
ある人語る己のことのみ

――便利なメール

饒舌の人はますます饒舌に
寡言の人も能弁となる

安否問う定型文字列読み流し
マウスを移す次のメールへ

一日にメール百本こなす人
こなすとは何ぞ受信と応信

歌詠むに持続可能な金言は
下手な鉄砲数撃ちゃ当たる

鈍感な人はイヤだが繊細に過ぎる人苦手
われもめんどう

手の平に手の甲になき皺あるは
摑む動きに皺寄せられて

右足と左の足は同い年
なぜか右だけ〈老化現象〉

若人の日本音楽コンクール
意欲と野心の面々居並ぶ

簡単な自分の年譜試作して
退職以降は省略とする

旧友に安否問えども
カラッポの郵便受けのごとく無愛想

世に問う大仕事

若き日のあやまち多し
いくつかは思い出すたびぎゃっと声出る

門前に隣家の白樺わが桜
落葉はしばらく散らしておきたい

予告なく初めて職場訪ね行き
顔見に来たと文残し去る

謝罪書の承認得べく夜十時
上司の家へタクシー飛ばす

謝罪書の文例に慣れ
草稿を頼まれること増えて悲しや

スーパーでどでかいキャベツ一個買い
裸のそいつ抱いて店出る

老友は美女と美人の違い言う
見とれるばかりのわれには判らぬ

ジョン・ル・カレ訃報に驚く
八十九われよりたった四歳年上
——学生時代から愛読す

鮮やかなカンディンスキーのカレンダー
年々歳暮に呉れる女性《ひと》あり

〝つっこみ〟の言葉逐一繰り返す
お笑い芸人一流ならず

インタビュー受ける名優
応答を「なんか」で始め「なんか」に句切る

――CM風に
湯をそそぐだけの一手間そば・うどん
インスタント食老いには至便

一年中散らかる机上
一隅に保存の要なき書類山なす

机上こそ広々とあれ
日々使うもののみを置く定めの下に

いつか読むつもりで取り置く記事・資料
〝いつか〟は来ずにきみは老いゆく

ウィルスにやられっぱなしのこの星を
脱出したし行く先あらば

大掃除精根尽き果てへたり込む
上から落ち来妻の神鳴り

正解はホットケーキとパンケーキ
名が違うのみと聞いて呆れる

男来て座席につくや
鞄開け書類取り出す無駄なき動作

パソコンの画面に出でたる
往年の文章一塊削除一瞬

勝ち取りしベーゴマ大小十数個
少年の日の流動資産

有楽町昔の朝日の思い出は
津村・扇谷両氏の叱責

——津村秀夫＝映画評論家
扇谷正造＝当時週刊朝日編集長

「留任」の意味で「続投」見出しにす
「投げ出す」「丸投げ」連想ぞわろし

大声で笑いはしゃいで手を叩く
酔客怖しコロナの禍中

コロナ禍の夕暮れ近き喫茶店
ひとり客われはやばや席立つ

外出はマスク着用
このルール漱石ならば守りしか否か

質問に答弁あるは儀式にて
国会審議事なく終る

さもあらん「薬飲んだがよくならぬ」
「飲んでなければ悪化進んだ」

モットーに「出過ぎず」を言うキャスターは
つけ加えたり「引き過ぎず」をも
——羽鳥慎一氏

雑誌社を名誉毀損で訴える人の面貌
どこか卑しき

手始めは境港の蟹料理
山陰旅行にグルメ気取りて

沖暗き堺港で辿り着く
一軒灯点す浜辺の店に

この前に鳥取砂丘踏んだのは
「砂の女」の映画観し頃

——一九六四年公開

不祥事が報道されるや
自らの体調理由に要人辞職す

うまいものの好みのままに食ったれば
塩分糖分とどもども過剰

病院の予約が取れて
それのみで何か幸先よい気がするも

初診時に緊張する吾の脈とるは
大原麗子に似たる女医さん

コロナ禍の年末二つの便りあり
後輩世に問う大仕事成す
――伊藤俊也・映画『日本独立』
馬場マコト・ノンフィクション『内心被曝――福島・原町の一〇年』

終戦時の吉田・白洲の奮闘を
映画にしたる美学科の友

瀬戸内の山辺の店に浅酌す
「さあさ飲まれよ」 雅《みやび》なひびき

年毎に転居・喪中に死去もあり
賀状出すとき使う神経

つくばいに鳩一羽来て水浴びす
冬日射す庭眺めてあれば

このごろ、あれれ

街中の縦長四角の夕空に
赤く輝く雲のいとしさ

半日を歌作にあそび昼寝醒め
須臾失いにけり見当識を

推敲は五回十回にてあきらめる
歌なぞ作るは諦め道中

森繁の哀愁のなし淡々と
渡哲也の「船頭小唄」は

さり気なく歌うかに見え
裕ちゃんの色気と哀愁「夜霧よ」が好き

東京へのかすかなあこがれ芽生えしむ
中二で読みし寺田寅彦
――数学の先生が随筆集をつぎつぎと貸してくださった

「好きなもの　イチゴ、コーヒー、花、美人……」
寅彦短歌いまだ忘れず

――「懐手して宇宙見物」と括る

中学の体操教師の叱責は
「背筋を伸ばせ」いよよ有効

地球にはわれ知らざりき
宇宙から毎日一トン塵が降りくる

語尾上げる精神科医の受け応え
ラジオ討論スイッチ切りぬ

語を知らず見識はなく志操なく
天下国家を論ずるはムリ

クリスマス女三人家に来る
何事もなき仮象ハーレム

「もう少し小さな声で喋りなさい」
小学女子に「そんな殺生《せっしょ》な」

寝て起きて本とテレビと語句ひねり
生産するなし　時の浪費者

二十歳われに学び飽きたる十六歳
「おはじきしようよ」しばし相手す

——家庭教師アルバイト

荷造りの紙など貼りたる蜜柑箱
小学時代の机でありき

通学に靴など履く子は皆無にて
みな藁草履雨の日は下駄

鉛筆がほしいと言う子に「なんぼや」と
眼をむいて父コイン投げやる

――鉛筆一本二十銭（昭和二十年）

二十銭貰ってすぐに走り出す
新品鉛筆買う嬉しさに

葉が三片横一列にひらひらと
落ち来る確率いかほどならむ

桜木の落葉数日寝かしめて
庭を林の一隅と見せる

五十年歌声聞かざる男ども
いきなり歌いぬ「紺碧の空」

吸って吐く日に何回か深々と
意識化せよと医師説くところ

油揚げを破らぬようにわきへ寄せ
くねるうどんを一本つまむ

育ちよき人はおならを蔭でする
それ言われるとまことによわい

紅《こう》は七　白《はく》は十三
われの知る出場者の数年々減るも
——紅白歌合戦出場四十組

年賀状・挨拶各種の文章は
定型通りがわが好みにて

ぴちゃぴちゃと音立てものの食う先輩に
助言もならず畏まりいる

生ビール啜《すす》り飲む音《ね》を響かせる
白い美髯の剣舞の先生

急患を囲む医師らの声低く
看護師手早く無駄なく動く

ふらり行く与謝野公園
晴れの日は熱き血潮にあやかるべくも
サンダルで与謝野公園に歩み入る
熱き血潮の滾らぬ男が

それなりに馴染んできたるわが身体《からだ》
このごろ、あれれ、リズムが違う

窓口の番号札持ち順を待つ
順早い人順々に立つ

番号がやっと呼ばれて立ち上がり
診察室へ小走りにゆく

名を呼ばれ小走りに行く患者たち
診察室まで五、六歩の距離

湯舟にてピンポン聞けば策二つ
留守装うか裸で出るか

日本語の〈幼馴染み〉のひびきよし
一人や二人いてほしかった

ありもせぬ幼馴染みに呼びかける
八十余年もよく生きてきた

筋立てに感興湧かぬ朝ドラも
何となく見る習いとなりぬ

大仰な声と仕草の過剰にて
近時の朝ドラわれから遠のく

目が肥えたとは思わぬが
近来のテレビドラマはまず脚本《ほん》が駄目

近頃のドラマしばしば耳ざわり
演者声張り怒鳴るわ喚くわ

メル友にテレビ評書く者もいて
朝ドラなども仔細に評す

脇役が顎に手をやり腕を組み
目玉動かす芝居が目障り

冬の庭半身枯れたる老桜樹
夕陽を浴びてなお屹立す

つくばいの水とり替える
それ浴びに何処かから来るあの鳩のため

水浴びで羽毛の脂粉が洗われる
鳥はなかなかお洒落な生きもの

不憫なるかな

テレビ消し黙坐し居れば新年の
何事もなく夕暮れ来たる

冬日浴び小径を行きつ戻りつす
懸案ひとつ放念せんとて

——新型コロナウイルスがこわい

「うがいせよ」「手指を洗え」「マスクせよ」
家あちこちに赤字の張り紙

非難には「おまえだって」と切り返す
弱者の得意な防衛話法

われらみな不憫なるかな
事あれば自己防衛をまず考える

やられてもニコニコとしてこたえない
鈍いにあらず大器晩成

書くならば内容本位を貫いて
文飾省きまっすぐに書け

同感の語は引っ込めて
「いや、しかし」小さく異を立て我を張らんとす

あなたにも小説一、二篇なら書ける
作家はそれを生涯続ける

――サマセット・モーム

作る歌多くは駄作みな捨てる
これまでの〝ボッ〟千首を超える

処女歌集出来たるときに友言えり
哄笑交えて「これでも歌か」

歌詠めば知情意みんな腑分けされ
自分の限界自分にわかる

安らかな〈岸〉目前に漂うに
舟に寄せくるウイルスの波

漱石の四十九《しじゅうく》歳歿は早過ぎる
西郷・大久保ほぼ同じにて
四十八、九で世を去りし人数多《あまた》あり
謙信然り信長然り

目覚ましをかけて寝る夜は
時計より自分の方が早く目覚める

反時間世界の人はみかん食い
そのあとゆっくりみかんの皮むく

医師学者テレビで異論ぶつけ合う
視聴者われらに届かぬ議論

——コロナ禍の中

専門家同士の議論激しくも
論点判らずチャンネル替える

人類は二千年後には滅亡す……
話のつづきはまた来週に

セシウムの原子時計の律儀さよ
三千万年に一秒の誤差

自覚せる欠点いくつか直さんと
年あらたまるごとと思うのみにて

夕刻に西空眺めて明日思う
明るみあればこころ楽しも

赤々と夕陽とともに沈みゆく
一《ひと》日《ひ》の労苦はたまた歓喜

いざ行かん片道二キロのスーパーへ
腹を締めつけジーンズをはく

ごわごわとたのもしき生地馴染みくる
この感触を知らず育ちぬ

人中で親にたてつく小学生
周りの人びと一顧だにせず

その頭かち割ってみん旧思想
脳真ん中に深く沈殿

——無料映画サイト
無料とてつまらぬ映画つぎつぎとザップする馬鹿
きょうの己は

映画をも雑誌パラパラめくるごと
ストリーミング動画配信

コロナ禍にさまざま露《あらわ》な処世観
ある人笑いを日々の糧とす

ＳＨかんたん日記のつづきおり
「スティホーム」の六文字略し

聞き返しまた聞き返し聞き返し
「ひとり言よ」と妻応ず、ほんと？

姓名の名の方いうとき人はみな
〝下の名〟というおかしな習い

「フルネームご記入ください」
なぜそこに英語使うかおもしろからず

マッサージチェアに抱かれ陽を浴びて
バッハ聴きつつ微睡《まどろ》む安楽

うつむいてもの言わざるに畏怖させる
渡哲也の「仁義の墓場」

斬り破るやくざ社会の鉄則を
渡哲也の気迫の演技

酒飲んで前進意欲上がる日と
過去にとらわれ落ち込む日とあり

やさしい語たくみに用い
さり気なく意味深きこと述べるは名文

大学の先生方はおしなべて
なんでもないことむずかしく書く

例挙げて清少納言力説す
「小さきものはみなうつくし」と

——枕草子百四十五段。当時「うつくし」は
「可愛い」の意味であった

須臾の夢

遠方の海に生まれし雲の群れ
此処まで来るにいくつ消えしか

彼方より空渡り来る雲の群れ
薄れゆくありあり消え果てしあり

実感す見る目聞く耳衰えて
八十五歳の把握浅きを

――眼疾あり

一日中開きっ放しは目には酷
夕暮れ以降は半ば目を閉ず

夕刊は大きく拡げて写真見て
見出し拾ってそれでおしまい

スマホらのブルーライトは見るを避け
眼《まなこ》休めてうつらつら夢見る

時短より人数制限ではないか
ウイルスよろこぶ数多《あまた》宿主《しゅくしゅ》を

漂える多量のウイルス身辺に
目視できたら逃げ場何処《いずこ》に

見え透いたうまい芝居をするなかれ
山田洋次の戒め柔らか

大芝居小芝居過剰なドラマから
ほんとのドラマ生まれがたしも

四時に起き朝食までの四時間を
〈不確定性原理〉のままに

起き抜けにドリップコーヒー滴らす
それ見守るを初《しょ》っ端《ぱな》とする

お互いに読んだ書物を送り合う
宅配便は月に十冊

きっかけは本編む女性《ひと》の申し入れ
「あなたの読んだ本が読みたい」

あの女性《ひと》が読んでくれそな十冊を
書庫にて選ぶ心弾ませ

パソコンを開けばついと指動き
朝っぱらからアクション映画

ロシア製アクションSF見栄えして
ハリウッド映画凌ぐものあり

麗しき女講談師招きしは
五人の座敷遠き夏の夜

子会社へ行くのが辛いと
家《うち》に来て泣きし男は社長になりぬ

家族には何度も何度も聞き返す
カフェの女性に聞こえたふりする

古辞にいう「さ」は農の神「くら」居場所
合わせて「さくら」お神酒供えん

――菊池安郎先生

生徒丸谷リスペクトせしK先生
われも習いぬ英語と文学

丸谷才一氏は旧制鶴岡高校で、
私は新制名西高校で教わる

カタカタと板書されたる詩の一行
ワーズワースを初めて知りぬ

学校に残っていると怒鳴られた
「家に帰って勉強せんか」

為政者は「緊急事態宣言」を出すが
事態は一年前から

われらにはおのずと身に付くアクセント
大人の分別ゴミの分別

鉛筆の軸を削って芯を出す
たまに血を出す指に刃が触れ

一月の居間の花瓶に満開の啓翁桜
久留米より来し

読書力毎年毎年落ちてくる
気づかぬうちに内省力も

パスワード、セキュリティコード打ち込めと
ほんとややこしコンピューターは

設定の説明聞くも上の空
八十五歳にゃムリムリまたムリ

パソコンは机上の二台に
ノート型マックに溺れる仕事も趣味も

「子育てはまるで戦場」
戦場にありし体験なくて歎きぬ

――スポーツマンが

負けたとて〝リベンジ〟するとはいただけぬ
〝不当にやられて復讐〟するとは

一、二首をかたちにするはたやすくて
五百首作るはちとたいへんぞ

事ごとに〝癒される〟など言うなかれ
きみはそんなに病んでいるのか

つくばいに水飲みにくる鳩の二羽
食餌足りるか塒《ねぐら》何処ぞ

日本酒と古賀メロディに夜を更かす
コロナ禍の世をしばし忘れて

有線の古賀メロディの鳴り止まず
わが生涯の須臾の夢にて

浪漫倶楽部

――ある自戒

決めたならここを先途と突っ走れ
優柔不断で好機逃すな

三つ吸い十一を吐く深呼吸
朝夕こころを入れ替えんとて

中空にわだかまる雲
天辺の真青の広間埋めることなく

五年前買いしままなるiPod
若き友来て使い方知る

ラジオありミュージックありiPod
夕べさびしきベッドの友たり

念願のWi-Fi設置す
家中がMacBookで映画館と化す

Wi-Fiをあっという間に引きくれし
若き友某社システム部長

よき声の歯科衛生士顔見えず
いつも隣の診療チェアに

声張って力入れたる顔演技
〈朝ドラ〉命の新人女優

幼少時本というもの家になく
近所の家に上がって読みし

自転車と野球グローブ
気まぐれに父買いくれし記憶鮮やか

マスクして顔の半ばを覆うとき
威厳増す人士《ひと》其処にも此処にも

この一年耳目に入る「飛沫」の語
これまで口にせしこともなく

有線の〈浪漫倶楽部〉を切らずおく
戦前歌謡の悲しきに堪え

——SF的医療進歩

エイジングコントロールの選択肢
五年に一回五歳年取る

「こわかった」眼底検査の閃光は
「脳の中まで撮られたみたい」

身の程を知らぬが故の空転と
奮闘不足の中途半端と

犬猫に身の程を知る備えあり
人間しばしば世を甘く見る

葉も苞も光沢放ち
大ぶりの造花と見まがうアンスリウムよ

原産は南北アメリカ
熱帯の色と形のアンスリウムは

ものの言うに「……と思う」でいいに
事ごとに「……と私は思う」と言う人苦手

痛む眼はパソコンやり過ぎ
画面見ず使えるパソコンまだできないか

乾いても目薬ばかりに頼らない
自分の涙出すが眼のため

——眼科医のすすめ

職場ではドライアイなぞ知らなんだ
ポカに涙し部下に泣かされ

語られし温又柔氏の来し方は
『台湾生まれ日本語育ち』

女房に禁じられたる羊羹を
秘かに食らうがわれの秘技なり

人として尊敬できぬ師匠だと？
門人としておまえクズだろ

「唄《うた》者《しゃ》」たり奄美島唄歌う人
アーチストやら何の呼び名ぞ

〝百年に一人の唄者〟永眠す
武《たけ》下《した》和《かず》平《ひら》八十七歳

——二〇二一年一月二五日

胸に染む元《はじめ》ちとせのファルセット
奄美民謡ぐるだんど節

「猫」なども読む人少なく
漱石に国民作家の名のみ残るは

漱石は猫をかぶって
高踏の議論に遊ぶ後先もなく

若き日の立花隆の愛猫を
われ引き取れば四匹に殖えたり

痩せ猫もいいが太っちょわれ愛す
犬来りても日向譲らず

「なんでまた」「何人来るの」「店は何処」
「なにもこの時期出かけなくても」

街に出てなんとなく会い飯を食う
それだけのこと容易に運ばぬ

公園に微睡みおれば
純白のティラノサウルス　空にやすらう

白銀の峯々遠く見下ろして
エギュイユ・デュ・ミディに現にいるわれ
——モンブラン系の〝針峯〟。標高三八四二メートルの
頂上にある展望台を二十代と四十代の二度訪れた

一月の白銀の月に妄想す
わが血属は吉野の狼

夢と知りつつ

人混みを避けて見知らぬ道行けば
見知らぬ花木ひとつ見つかる

「お天気は下り坂です」
天の気が坂下りゆく雨があと追う

ワンメータ乗っただけでも
降りるとき飴二つくれたKOJIN TAXI

寄る辺なき中年男の胸灼きし
浅川マキの歌声は熾《おき》
——二〇一〇年歿六十七歳代表曲「夜が明けたら」「かもめ」

歌詞として夜が明けたとて何もなく
曲に魅力が歌手に魔力が

折り返し電話しますとありしのみ
相談センター機能停止す

日本語はなぜめかし言う〈鼻をかむ〉
英語はシンプル〈鼻吹き飛ばす《ブロウ・ユア・ノウズ》〉

Bよりも3Bのほうが濃く書ける
それだけでない指疲れない

月面に人の降り立つ中継を
見たあの日から五十の年取る

つぎつぎと人出入りする夢を見た
醒めた頭の中ややこしい

一団の人びと猛然駆けてゆく
われはそれ追う夢と知りつつ

めずらしく二時間の余も昼寝して
午後の半分損した気分

あの人に電話でもするかやめとくか
今頃多分昼寝の最中

神経痛治すとて妻鍼に行く
往復二時間辛いだろうに

痩せたけりゃ一日三回白米《めし》を食え
なんと嬉しい説ではないか
——鈴木その子『やせたい人は食べなさい』一九八〇年

本読むに日光まぶしく
ブラインド降ろして猫の不興を買いぬ

われのこと美辞交えつつ書かれあり
赤線を引き疑問符を付す

――『起業の天才！――江副浩正』

書かれたる己の振る舞いこそばゆく
他人《ひと》が見るときそう映るのか

漆黒の猫悠々と庭を行く
己《おのれ》は知るや稀有のその色

クシャミ出てルルでも飲むかと思えども
立つのめんどう結局飲まず

政治家は「しっかり」の語が好みにて
答弁の度しっかり使う

わが時計八角形にて
秒針は外形に添いぎくしゃく進む

風邪をひき屑籠ティッシュで溢れくる
妻に隠れて半ば始末す

パソコンに向かえば仕事らしく見ゆ
ＡＩ囲碁で暇つぶしても

血圧と脈拍測って記入する
こんなことから今日を始める

事あれば救急通って来なさいと
循環器内科の医師に言われる

今日もまたすっきりしない気分にて
錠剤一、二が喉にひっつく

素人はよくもわるくも
自らが素人なることと知らぬげにやる

素人はこわいとプロが言うときは
ほんとに彼らをおそれているのだ

意外にも一位は財布二位スマホ
駐車場トイレに忘れる持ち物

折りにふれ小学時代を思い出す
ただおとなしい子どもであった

軽快なリズムにのって喚きけり
「ラバウル小唄」小学生われ

中学に上がって少しは活発になった気がする
おぼろな記憶

半日をリビング自室うろうろし
葛根湯飲む風邪も引かぬに

今日もまた何事もなく暮れかかる
日誌ひろげて無為の二字書く

基礎代謝低くなったるこの身には
カロリー摂り過ぎ　それ分かってる

稀に事故多くは病《やまい》
知友らがつぎつぎと逝く　後日知るもあり

飲み会に病気談義が始まれば
二時間くらいはそれに終始す

同病が二人そろえば
肯定と否定と疑問の論議果てなし

創業のとき誘われて其処にいた
世間は知らぬ他愛ない経緯

結局は三十五年在籍す
一番長く勤めしはわれ

リクルート事件起こって三十年
事の推移をほぼ忘れたり

わが歌は

勤め辞め二十五年が過ぎ去りぬ
あたらしき恋とくになかりき

わが過去はたかだか八十五年にて
半分は消え半分はおぼろ

八十五あとどのくらい生きるかな
十年前も思った気がする

国策の学童疎開に救われた
それがなければ戦災に遭う

われ除く家族火の海逃げのびる
近隣の人壕で焼死す

――昭和二十年三月十三日第一回大阪大空襲

一番のカルチャーショックは
田舎の子みんな裸足でどこへでも行く

疎開児は大阪弁と阿波弁の
対訳ノートをひそかにつくる

ふかしたるさつま芋二本
学校へ誰もが持ちゆく弁当として
——戦時中の農村、生徒の大多数がそうだった

あの先生いつも竹棒持ち歩き
授業で生徒の机を叩く

あこがれの〝四国三郎〟吉野川
水冷たくて全身浸かれず

評判の辞書購えば
あれこれと語彙を牽いては語釈たのしむ

コーヒーを一杯人が飲む間《かん》に
三冊本読む司馬遼太郎

——半藤一利氏語る

突然の電話でごめん、
何言うか突然以外にかけ方あるか

瞬の間に湧き出る歌あり
一日中こねくりまわして作る歌あり

白磁壺わが傍らにうずくまる
春の宵なりちびちびと飲む

測りたる体重記すべく
風呂場から居間へ来る間に数字忘れる

体重の数字頭に入れるため
六五・一《むごーい》などと語呂をつぶやく

あの二人怪しくないかと囁かれ
ほんとにあやしくなってしまいぬ

質問に質問で返す話法から
ときに知らるる防衛性格

「いや、それは」他人《ひと》の話を遮って
異論にあらず同趣旨弁ず

まだもっと訊ねたいのにドクターは
終りましたと身振りで示す

メル友は国語教わるわが師匠
早大国文才媛俳人

「をさな児」を「おさな児」と書いていいのかと
メールなどして教わるのです

三十代課長代理に通じない
三島由紀夫の自決事件が

己《おのれ》には己のそれあり
相手には相手のそれある時代感覚

馴染みたる内科皮膚科のドクターは
「もっと歩け」がわれへの口癖

大量の酸素と窒素につつまれて
ときに人間青息吐息

銀行のATMは横並び
見知らぬ人と並んで操作す

喜福寺の万太郎墓に馴染みたる
わが家の飼い猫寄り添い眠る

——昔、立花隆氏から預かった猫はわが家に棲みつき、よくあちこち放浪した。本郷赤門前の喜福寺には久保田万太郎(小説家・劇作家・俳人一八八九〜一九六三)の墓がある

「ヤマダです」「三年前に会いました」
電話の声に戸惑うわれは

女子大の同窓パーティに招かれて
「うば桜の園」と口を滑らす

女子大のフォークダンスの輪にありし
男はわれと三笠宮と

小用に立ちしついでにやることの
何かありしか辺り見回す

入居せるマンション同じ園まりと
エレベーターに二人のときも
——一九六〇年代人気ナンバーワンの女性歌手
「逢いたくて逢いたくて」

「いや、おれは」「わたし、思うのよ」
一人称なくとも話は通じるものを

並べ置く二台のパソコン別用途、
メールと原稿、検索と映画

大病もなくて十年二十年
生きて来しこと感謝せずんば

久々に来たる建物去りがたし
トイレどこかと訊いてぶらつく

わが歌は細めのうどん
コシもなくどなたの喉にも呑みこめましょう

洞《うろ》から顔

こころざし果たしそこねた遠き日に
能登の七尾に一人旅せり

探しても探してもない診察券
なんだ手帳に挟んであった

三十年通い続ける眼科医院《クリニック》
われ年取りぬ医師も同じく

血圧を下げる薬の効あれど
頭ふらつきこれには参る

二派あり　理屈に傾く学者肌
実益に就く多くは実務派
——同窓会談論

折節にこころ浄《きよ》めるべく聴くは
宮城道雄の「中空《なかぞら》砧《きぬた》」

「観劇」は〈劇を観る〉こと
「観衆」は〈衆を観る〉でなく観る衆を指す

「松尾さん」小学生は答えたり
「下の名前も知ってる、芭蕉」

「お兄ちゃん」「お姉ちゃん」とは言うけれど
「弟」「妹」なぜ「ちゃん」つかぬ

「すみやかに」やりますと言えばいいものを
「スピード感をもって」と濁す
——政官界の日本語は劣化している

鷗外がどこかで用いた「落想」は洒落た二字かな
アイデアを指す

駄洒落聞き眉をひそめる人間の
内面生活案外空虚
——『「いき」の構造』で知られる哲学者・
九鬼周造随筆に言う

山に吹き川に吹く風
「山」「川」は字画かんたん「風」は入り組む

大声は不可　話すならもごもごと
オクスフォードの大人の作法
——英国通に聞きしことあり

芥川『羅生門』最後かく収む
「黒《こく》洞《とう》々《とう》たる夜があるばかり……」

駅頭に「チカンアカン」と掲示する
大阪人は笑かしてナンボ

もう書けぬ思いつくこと何もなし
三日くらいはあたまからっぽ
——歌作行き詰まり

何かしらことばが洞《うろ》から顔を出す
それに餌をやり飛び立つを待つ
——そうするうちに

競うのは反射神経豆知識
あたまを涸らすクイズ番組

アリ倒すたったひとりのヘビー級
レオンの晩年不遇のきわみ
――レオン・スピンクス元WBA、WBC統一世界ヘビー級王者。一九七八年二月一五日モハメド・アリに判定勝ち。二〇二一年二月五日歿

キップ買い猪木とアリの対戦を
間近に観たり四十年前
――一九七六年六月二六日於日本武道館

レスラーは終始横臥し
ボクサーの太腿膝裏小止みなく蹴る

わが部下がホテルのプールで助けたる
溺れかけし幼女《こ》そは猪木氏の娘《こ》

——時折、小学生女子らが遊びに来る
凪のごと老いびと暮らす家《いえ》中《なか》を
一〇〇〇ヘルツ超の声が切り裂く

二月なり音なき庭の枝垂れ梅
日光浴びて紅撒き散らす

誕生花秋桜《コスモス》なれば
花言葉〝乙女の純真〟いやはやなんとも
——われ、九月二十七日。高杉晋作、羽生善治、朝青龍と同じ

漱石の売れ行きトップは『こゝろ』にて
わが愛読書『坊つちやん』は二位

ブラインドの隙に窺う昼の空
曇りいるらし光見えねば

八十五終点に近し
知友らのK、E、O、T、A、M、N既に他界す

「分かった」とあたまのいい人即答す
どう分かったかしばし戸惑う

言の葉の絶えたるときは
「早春賦」ともに聴きつつ別れたきもの
――唱歌「早春賦」詞・吉丸一昌　曲・中田章

キジバトは朝からテーテーポッポーと
気ぜわしく啼くいい加減にせよ

いまここで考えること何もなく
木々の隙間の空を見ている

心臓に不具合見つかる
美女を見てときめき起こらぬわびしき日頃

気晴らしの佐藤佐太郎一冊を
バッグに入れる入院支度

鎖骨下ペースメーカー植え込みぬ
わが青春の拍動戻る

来し方も行末もなくいまここの
いのちの鼓動がすべてと思う

作品について～エディターズノート

本書は、『寝しなの歌』（平成三十年）、『帰りしなの歌』（令和二年）に続く、森村稔氏の三冊目の歌集である。

『帰りしなの歌』を発売して数ヶ月経ったころ、当事務所に一本の電話があった。書くことを生業にしているという男性からで、著者のエッセイをだいぶ参考にしてきたとおっしゃる。それ以外、詳しいことは語らないし、こちらも聞かない。その後も二、三度お電話いただき、森村短歌作品をめぐって会話をした。あれがいい、あの短歌は妙だね、かくかくしかじかの短歌があったけど、お身体どうなの？　などなど。そして、

「……つぎの歌集も出ますか？」

と訊かれた。

特段、森村氏と相談していたわけではなかったが、「はい、出すつもりです」と答えて終わった。深緑の季節だったと思う。

＊＊＊

前歌集『帰りしなの歌』の本欄で筆者は、集中にある次の一首を文末に掲げた。

あしたからまた少しだけ頑張ろうまだ柔らかなこころもあるぞ

『帰りしなの歌』の脱稿は令和元年末。元号も新たに、東京オリンピック開催に向けて日本中が華やいでいたころだった。その「あした」からの一年を詠んだのが本書である。本書収録の六百七十余首は、令和二年の一年間に詠まれた作品が大半ということになる。

申すまでもなく、年が明けて世情はがらりと変わった。令和二年は、covid-19パンデミック（世界的大流行）の終息が見通せず、東京ほか都市部は何度も緊急事態宣言下に置かれた。森村氏にとっても、今までの当たり前がすっかり当たり前ではなくなった一年だったことだろう。

筆者など、まるでＳＦの世界に迷い込み、「あべこべ村」の住民になった気分だった。

親孝行は親の顔を見に行かないことで、映画や芝居鑑賞は他人の生命を危険に晒す行為とされた。友と会い、話に花を咲かすなどもってのほか。自宅外での飲酒は処罰されかねない。

そんななか、森村稔氏から歌稿を託された。

原稿を読んで出版の可否を判断するのは当方の任務なのに、なぜかこちらが厳しい審査を受けている気分になった。「あべこべ村」のせいだ。それにしても、森村氏の年齢を慮れば、筆者以上に不安や戸惑いのある日々だろうと想像された。そのことで気持ちが急いた。

振り返って思えば、これらはすべて勝手な妄想だった。

今回の原稿をお預かりし、おおらかな日常を詠んだ短歌作品の数々によって、本来あるべき現実へ引き戻された。なまじ現実がＳＦめいていただけに、この衝撃は大きかった。そして直感した。これこそが、短歌という表現形式のもつ力なのではないだろうか、と。

歌稿を受け取ったのは今年三月十五日。白いＵＳＢメモリが、よく晴れた真夏の空のような色の封筒に入っていた。

パソコンに差し込むと、一から十六までのワードファイルがあり、それぞれに短歌作品が平均して五十首ほど刻まれていた。すべて日付順とのことなので、今回は、その十六のファイルによる十六章立てとした。

番号だけの歌集はさすがに味気ない。編者好みの短歌作品一首をそれぞれ選び、文言を引き出して章タイトルとした。つまり、

数十年、腰落とすたびギシギシとリアクト欠かさぬ律儀なる椅子

夾竹桃、梅、まんさくを切り払い冬近き庭空広くなる

コロナ禍に悪事無縁の蟄居にてのっぺらぼうの歳月過ぎ行く

キョロキョロのキョロとは何ぞむなしくも答え求めて〝虚路〟をうろつく

歌作り一日一首と決めたれど一首が作れぬすぐ日が暮れる

ポトリ、ポキ、ポカポカ、ポツリ、ポカン、ポコ、ポの音かわいい擬音いろいろ

晩秋の雨降りつづき庭暗く隣家の猫が十日も来ない

リアルでは撃っても撃っても当たらない　それがお前のケイパビリティ

コロナ禍の年末二つの便りあり　後輩世に問う大仕事成す

それなりに馴染んできたるわが身体《からだ》このごろ、あれれ、リズムが違う

われらみな不憫なるかな事あれば自己防衛をまず考える

有線の古賀メロディの鳴り止まずわが生涯の須臾の夢にて

有線の〈浪漫倶楽部〉を切らずおく戦前歌謡の悲しきに堪え

一団の人びと猛然駆けてゆく　われはそれ追う**夢と知りつつ**
わが歌は細めのうどんコシもなくどなたの喉にも呑みこめましょう
何かしらことばが**洞**《うろ》**から顔**を出すそれに餌をやり飛び立つを待つ

以上の十六首である。僭越ながら、森村文学愛読者を代表して選んだつもりだ。われながら、なかなか森村氏らしい目次立てになったと自負するが、いかがだろうか。

本書には、

八十五終点に近し知友らのK、E、O、T、A、M、N既に他界す

という作品がある。

イニシャルから、筆者も面識のあった何人かの表情が浮かぶ。この方々が今回の目次立てをご覧になれば、「いや、こっちの文言のほ

うが森村らしい」「あなたはまだ、よくわかってないようですね」などとおっしゃって、森村稔氏の人となりについて楽しいエピソードとともに、筆者を導いてくれたことだろう。

正直に申せば、じつは編集中、そんな声がずっと聞こえている気がした。森村氏の短歌には、森村氏と会い、話に花を咲かせている森村氏の友人たちが深く潜んでいると感じたのだった。

「社長どこ?」「昨日スイスに発ってるよ」「しようがないねひょこひょこ出かけて」

職場話は何度かお聞きしているが、職場に氏をお訪ねしたことはない。にもかかわらず、この歌からは、仕事の合間に会話する氏や同僚の方々の顔が見え、声も聞こえるようだった。そして、ひょこひょこ出かけている社長も見えた。見てはいけないものを見てしまったようで、申し訳ない気がした。

もっと白状しよう。


二十銭貰ってすぐに走り出す新品鉛筆買う嬉しさに

この作品にいたっては、会ったこともない少年時代の森村氏が見えた。厳しそうなお父上の姿も。もちろん、勝手な想像だ。なにしろ昭和十年、大阪に生まれたということしか知らないのだから。

不思議なことだが、この感覚はエッセイを編集している間はまったくないものだった。これも短歌ゆえ、定型詩の力なのだろうか。

こんな思いもあったので、本書では編集方針のようなものを設けないと、はっきり決めた。作品は制作順の配置に徹した。非常事態が当たり前となった日本で、非日常も日常として淡々と綴っている作品に、どうして編集の手など加えようか。

ありのままをパブリックにすることが、何よりも意味のあることだと思った。

つまり、森村稔氏の一年間はここに活写されている。本書収録の全作品が、暮らしのあらゆる面を鮮やかに見せている。

本書を手にされ、ページをめくってくださった皆様方は、すでに感じておられることだろう。「少しだけ頑張」った、「柔らかなこころ」の森村稔氏そのものを。

章題「須臾の夢」、タイトル『須臾の残響』について記しておく。先述の通り、

　有線の古賀メロディの鳴り止まずわが生涯の須臾の夢にて

からとっている。

「須臾」とは、「しばらく。暫時」の意味。辞書によると、「須」そのもの、「臾」そのものに、本来「少しの間」という意味があり、そんな字を

重ねて「わずかの間」という意味を示すそうだ。

当初、森村氏から受け取った歌稿では、この「須臾」に、生きて来られた年数を添えたタイトル案だった。それはそれでいい題と思い、作業を進めていた。ところが途中、森村氏から相談を受け、今回の題に落ち着いた。コロナ禍前のあの浮き足立った世相を指すようでもあり、生きとし生けるものの協奏を指すようでもある。深い広がりを象徴する題となった。

「須臾」を詠んだ歌にはもう一首、

半日を歌作にあそび昼寝醒め須臾失いにけり見当識を

を収録している。「臾」という字の解字を見ると、

音符の臼（＝両手）と、意符の人（＝ひと）とから成る。「ユ」の音は、ひく意（＝揄）と関係がある。両手で人を引き止める意。ひいて、

しばらくの意に用いる。

（山田俊雄他編『角川大字源』より）

とある。面白いことに、「わずかの間」と言いながら、瞬きの如く去ろうとするものを「両手で引き止めている」というのだ。

矢の如く過ぎ去る時間を両手で引き止め、しばし、森村短歌に浸る。音の調べが整っていて、ほのかに詩情つたう。こんな作品が以前より比重を増した印象を抱く。版元の身贔屓だろうか。

わかりやすい平易な表現であることは、エッセイと変わらない。

メールなど長々書くのはヤメテンカ言いたいことは三行で書け

歌集刊行に向けた編集作業がスタートして以降はとくに、いただくメールは短くなった。しかし、それは今に始まったことではなく、大事な要件ほど通信は短かいものだったはずだ。

一方で、もちろん、

　気の置けぬ聞き手を得たる老いびとは愚痴こぼしつつ飯粒こぼす

のごとき、微苦笑を誘う作品群も健在だ。

　森村氏を紹介した昭和四十年代の印刷物には、「三〇代の青年重役。成長会社日本リクルートセンターを引っぱる牽引車である。」と刷られている。そんな森村稔氏も、

　番号がやっと呼ばれて立ち上がり診察室へ小走りにゆく

と詠むお年頃となった。

　出世作『スペシャリスト時代』（昭和三十九年）から『昇進術入門』（昭和四十三年）を経て、『クリエイティブ志願』（昭和五十八年）、『朝の独学』（昭和六十二年）などで人気と信頼を獲得。『ネクタイのほどき方』（昭和六十三年）以降も実績を重ねてきた氏にも、等しく時間は流れ

たのだ。かかりつけの病院にちなむ通院を詠んだ歌は、本書には実に、ほかにまだ四十首近くある。

勤め辞め二十五年が過ぎ去りぬあたらしき恋とくになかりき

恋の病に医者通いしているわけでもない日常、その平安な日々に祝意を抱くとともに、それだけ激しい恋だったのであろう会社員生活に、自然と思いが向く。

リクルート事件起こって三十年　事の推移をほぼ忘れたり

これは文芸上の虚であって、実際はそんなはずはない。「リクルート事件」が起きる直前に森村氏と初めて会い、以降三十有余年にわたり知遇を得ている者としては、作者がこの歌に込めた万感が身に沁みる。

このような森村氏だからこそ、

先行きの不透明さを人嘆く先の見えたることよろこぶか

のような、この瞬間にはっと気付かされる一首を、さりげなく詠むことができるのだろう。

そして、

決めたならここを先途と突っ走れ優柔不断で好機逃すな

自粛自粛の時代に、これほど励まされ、背を押してくれる歌があるだろうか。この歌には、「ある自戒」と前書きがある。どのようなときの自戒なのか、語っていただく必要はないだろう。歌は自ずから、さまざまな思いを伴って読む人の心の奥底に響くのだから。

作品を継続して読んできて、「短歌は言葉のリズムだ」と、つくづく思う。

文字を追えば、たちまちリズムが光景を立ち上げてくる。あたかも映写機のスイッチを入れたかのように。

リズムが定型ゆえに、描き出すリアリティに底知れぬ力が宿る。

文章を書くにはどうしても基礎体力がいる。体力任せに書くのが容易でなくなったと自覚したときは、年齢に関係なく、定型の力を信じるとよいかもしれない。森村氏の『青空は片思い』『どこ行っきょん』『こりゃあ閑話』という三冊のエッセイから今回の歌集まで、編集担当者として過ごしてきた十年で、このことを実感する。

冒頭で紹介したお電話の男性は、日本のどこかで、いつか本書を手にしてくださるだろうか。そうしてもらえることを念じている。そして、もしまた話す機会があれば、ご自身の日々も、五七五七七に言葉をあててみることをお勧めしよう。

かねてから森村氏は、

「歌ごころとか、歌作の経験とかなくとも、短歌くらい作れると、(自分の歌集を読んだ人たちに) 思ってもらえると嬉しい」と話されている。「『これなら自分にだって出来る』と、真似ていただければ嬉しい」とも。

晴れてさえいればかならずそこにある馴染みの星の頼もしきかな

本書を手に「あしたからまた頑張れるだろうか」と思われたすべての方々にとって、森村稔氏は馴染みの星の一つであり続けるだろう。そのことには全幅の信頼を置いてよいはずだ。

来し方も行末もなくいまここのいのちの鼓動がすべてと思う

の一首が、須臾の残響の掉尾を飾っているのだから。

約束はなかったけれど、「つぎの歌集」が出せた。このことを御報告しつつ、叶うものなら往年の読者たちと語り合いたい。幽明界を異にする方々を心に、願わくば集中のこの一首を掲げて――。

生涯のしあわせのひとつ尊敬のこころ注げる人の在ること

令和三年六月朔日

書肆アルス　山口亜希子

森村稔（もりむら・みのる）

昭和10年大阪生まれ。小学校3年生の時、戦時疎開で徳島へ。徳島県立名西高等学校卒業。東京大学文学部美学美術史学科卒業。博報堂、リクルートに勤務。大学講師を経て現在無職。著書『クリエイティブ志願』『朝の独学』『ネクタイのほどき方』『自己プレゼンの文章術』（以上、筑摩書房）、『青空は片思い』『どこ行っきょん』『こりゃあ閑話』、歌集『寝しなの歌』『帰りしなの歌』（以上、書肆アルス）ほか。

＊本書はコデックス装幀です。

歌集　須臾《しゆゆ》の残響《ざんきょう》

令和3年7月1日　初版第1刷発行

著者　森村　稔

発行者　山口亜希子
発行所　株式会社書肆アルス
https://shoshi-ars.com
〒165-0024 東京都中野区松が丘1-27-5-301
電話03-6659-8852 FAX03-6659-8853
印刷／製本　中央精版印刷株式会社

ISBN978-4-907078-36-2 C0092